afgeschreven

Vreemde zaken

De mysterieuze invaller

Henk Hokke
Tekeningen van Jenny Bakker

 **Zwijsen**

*Hanna en Pepijn zijn druk bezig met de schoolkrant
als ze bij de directeur van De Molenwiek worden geroe-
pen. Het blijkt niet de echte directeur te zijn, maar een
invaller. En die invaller verbiedt Hanna en Pepijn een
artikel over de sportdag te plaatsen.
'Het klopt niet,' fluistert Pepijn daarna tegen Hanna.
'Wie is die vreemde snuiter? Wat wil hij?'*

*Ben je benieuwd naar die vreemde snuiter?
Lees dan snel verder!*

Waar is meester Koks?

Hanna wil het fietsenhok binnenlopen, maar Pepijn houdt haar tegen.

'Er schiet me opeens iets te binnen. Laten we nog even teruggaan naar Koks' kamertje. Het zit me niet lekker, dat met die invaller. Er klopt iets niet.'

Hanna hoort aan zijn stem dat tegenspreken geen zin heeft. Bovendien is ze zelf ook wel nieuwsgierig naar wat Pepijn heeft bedacht.

Ze rennen de school binnen. De blonde labrador huppelt kwispelend achter hen aan.

In het kamertje van meester Koks loopt Pepijn regelrecht naar het rommelige bureau. Zijn ogen schieten vliegensvlug van links naar rechts, alsof hij doelbewust iets zoekt.

'Juist, hier heb ik de schooltelefoon,' zegt hij triomfantelijk. Hij drukt op een aantal toetsen en tuurt daarna ingespannen naar het schermpje van de telefoon. 'Kijk, dat is nog eens reuze-interessant,' mompelt hij.

'Vertel je mij ook eindelijk wat er zo vreselijk interessant is aan een doodgewone schooltelefoon?' Hanna's stem klinkt geprikkeld.

'Sorry,' verontschuldigt Pepijn zich. Hij laat Hanna de display van de telefoon zien. 'Kijk, hier staat dat er om 15.09 uur een gesprek mee is gevoerd, vlak voordat wij bij die vervanger moesten komen, dus.'

Hanna wil wat zeggen, maar Pepijn steekt zijn hand omhoog.

'Ik weet wat je wilt zeggen. Die mysterieuze invaller heeft natuurlijk ook rond die tijd naar de redactietelefoon gebeld om ons bij hem te laten komen, maar dat was een intern telefoontje. Dat wordt niet weergegeven op de display. De display vermeldt alleen de externe telefoonnummers.'

Hanna knikt begrijpend. Ze had inderdaad aan het telefoongesprek met de invaller gedacht. 'Dus om 15.09 uur zat die vreemde kwibus hier, die invaller met z'n vervelende praatjes. Die heeft waarschijnlijk met iemand zitten telefoneren, vlak voordat wij binnenkwamen.'

'Precies,' zegt Pepijn goedkeurend. 'En het leuke is dat hier het telefoonnummer staat waar hij naartoe heeft gebeld.'

Hij kijkt Hanna vragend aan en dan knikken ze tegelijkertijd. Pepijn drukt op het knopje met het groene telefoontje en luistert gespannen. Na een poosje verbreekt hij met een teleurgesteld gezicht de verbinding.

'Er neemt helaas niemand op.'

Pepijn probeert het nog een keer, maar opnieuw zonder resultaat. Hij pakt een papiertje van meester Koks' bureau en een balpen. Pepijn noteert zorgvuldig het telefoonnummer en stopt het briefje in zijn broekzak.

'Ik probeer dat nummer straks nog eens te bellen. Iemand zal heus wel een keer de telefoon opnemen.'

'Probeer Koks nog eens te bellen, nu je toch bezig bent,' zegt Hanna. 'Hij is de enige die ons misschien kan vertellen wat er allemaal aan de hand is.'

Pepijn toetst het nummer van meester Koks in en houdt de telefoon aan zijn oor. Hij steekt verheugd een vinger omhoog als hij verbinding krijgt.

'Goedemiddag mevrouw Koks,' zegt Pepijn beleefd. 'U spreekt met Pepijn van de schoolkrantredactie. Is uw man misschien thuis?'

Terwijl hij luistert, fronst hij van verbazing zijn wenkbrauwen.

'Goed, dank u,' zegt hij ten slotte.

Hanna staat intussen te trappelen van ongeduld.

'Het wordt steeds gekker,' vertelt Pepijn, als hij de telefoon heeft neergelegd. 'Meester Koks is vanmorgen telefonisch uitgenodigd voor een spoedvergadering ergens in Noord-Brabant. Hij is rond twaalf uur met de trein vertrokken.'

'Maar hij was toch ziek vandaag, volgens die eigenaardige invaller?' vraagt Hanna verbaasd. 'En nou is hij plotseling naar een spoedvergadering vertrokken?'

'Dat is nog niet alles,' gaat Pepijn verder. 'Meester Koks heeft inmiddels zijn vrouw gebeld met de boodschap dat er geen vergadering was. Hij is dus helemaal voor niets weggegaan. Inmiddels is hij alweer op de terugweg en bijna thuis. Volgens zijn vrouw was hij ongelofelijk woedend.'

'Dat is nogal logisch. Dat zou ik ook zijn,' zegt Hanna. Ze kijkt Pepijn peinzend aan. 'Iemand heeft hem dus behoorlijk voor het lapje gehouden. Maar waarom laat je iemand helemaal voor niks naar een vergadering gaan? En dan nog wel zo'n eind weg, in Noord-Brabant.'

'Voor de grap?' veronderstelt Pepijn, maar dan schudt hij vastberaden zijn hoofd. 'Nee, dat zou een ontzettend flauwe grap zijn. Er moet iets anders achter zitten.'

Ze lopen weer naar buiten. De blonde labrador loopt gehoorzaam met hen mee.

'Zullen we nu eens gaan kijken wat meneer Spong bij die Willem van Oranjeschool te zoeken had?' stelt Pepijn voor.

Hanna trekt een bedenkelijk gezicht. 'Als het aan mij ligt, bezoek ik liever even meester Koks. Misschien weet hij meer over wie hem heeft gebeld met die flauwe grap. Dan kunnen we ook meteen vragen of hij weet wie die eigenaardige invaller is. Voor mijn part mag hij die vent meteen ontslaan, met zijn dreigementen.'

Pepijn schudt vastberaden zijn hoofd. 'Laten we Thomas en Khadisha daar achteraan sturen. Die moeten dan later maar verslag uitbrengen, eventueel in *Molenwieks Story*. Dan kunnen wij ons op meneer Spong concentreren. Dat is ook een erg vreemde zaak. Ik zal ze zo meteen even bellen. Ze moeten wel eerst iets controleren, trouwens.'

Hanna wil vragen wat ze dan moeten controleren, maar Pepijn is al weggerend richting fietsenhok.

Even later racen ze samen voorovergebogen de straat uit. De blonde labrador draaft op het trottoir achter hen aan.

Anoniem

'Wat een idioot klusje,' moppert Thomas.
'Niet zeuren, we zijn nu eenmaal verslaggevers van
Molenwieks Story,' zegt Khadisha schouderophalend.
Ze fietsen naast elkaar naar meester Koks' huis.
Pepijn heeft hen uitgebreid telefonisch ingelicht over
de mysterieuze gebeurtenis met de invaller.
Meester Koks' huis ligt in een andere wijk, maar het
is gelukkig dichtbij. Khadisha weet de weg. Zij is
er een paar keer eerder geweest om de leesbril van
meester Koks op te halen, als hij die weer eens was
vergeten.
'Zijn auto staat er al,' zegt Thomas.
Khadisha knikt. 'Dat zegt helemaal niets. Hij is
hoogstwaarschijnlijk op de fiets naar het station
gegaan.'
'Daar heb je gelijk in,' zegt Thomas. Hij weet van
zijn moeder hoe moeilijk het is om bij het station
een parkeerplek te vinden.
Ze zetten hun fiets tegen het tuinhek en lopen naar
de voordeur. Khadisha belt aan.
Een minuutje later doet mevrouw Koks open.
'Hallo, Khadisha en Thomas,' zegt ze vrolijk. 'Kom
maar eventjes binnen. Ik neem tenminste aan dat jullie mijn man willen spreken.'
Khadisha en Thomas knikken.
'Hij is net thuisgekomen,' gaat mevrouw Koks ver-

13

der, terwijl ze voor hen uitloopt. Ze steekt haar hoofd om de hoek van een kamerdeur. 'Willem, bezoek voor je.'

Khadisha en Thomas stappen de kamer binnen. Hun directeur zit onderuitgezakt in een leunstoel. Voor hem op de salontafel staat een glas bier.

'Ga maar lekker zitten,' zegt hij.

Khadisha en Thomas gaan naast elkaar op de bank zitten, tegenover hun directeur.

'Jullie hebben waarschijnlijk al van mijn vergeefse reis gehoord,' zegt meester Koks. 'Als ik die zogenaamde grappenmaker in mijn vingers krijg ...'

Hij maakt zijn zin niet af, maar Khadisha en Thomas zien wel dat die grappenmaker dan bijzonder slecht af is.

Khadisha gaat rechtovereind zitten. 'Over grappen-makers gesproken ...' begint ze. Ze vertelt meester Koks alles wat ze van Pepijn hebben gehoord over de vreemde invaller in zijn kantoortje.

Meester Koks gaat met een ruk rechtop zitten.

Thomas vult Kadisha's verhaal verder aan.

'Wat ons betreft mag die invaller wel ontslagen wor-den,' besluit Khadisha haar verhaal. 'Dat artikel over snoepen op de sportdag ...'

'Hoezo invaller?' valt meester Koks haar stomver-baasd in de rede. 'Ik heb niemand opdracht gegeven een invaller naar school te sturen. Dat was ook niet nodig, want ik hoefde vandaag geen les te geven.'

14

Khadisha en Thomas kijken elkaar verbaasd aan.

'Maar dat beweerde hij toch echt!' roept Khadisha.

'Hij zei dat u ziek was en dat hij uw taken voorlopig overnam. Daarna begon hij te dreigen dat de schoolkrantredactie dat sportdagartikel niet mocht plaatsen.'

'Uiterst eigenaardig,' zegt meester Koks nadenkend. 'Misschien moet ik de politie inschakelen.'

'Ach welnee,' zegt zijn vrouw, die net binnenkomt. Ze zet twee glazen limonade voor Khadisha en Thomas neer. 'Het is gewoon kattenkwaad. Misschien oud-leerlingen die wraak willen nemen op hun sadistische meester. Je hebt hoogstwaarschijnlijk een paar keer te vaak je leerlingen gestraft.'

Khadisha en Thomas schieten in de lach.

Ook meester Koks glimlacht. 'Maar dat van die invaller zit me toch helemaal niet lekker,' zegt hij. Hij vertelt zijn vrouw kort wat er vandaag op school is gebeurd.

'Dat is inderdaad bijzonder vreemd,' moet zijn vrouw toegeven. 'Maar het kan best iemand van de gemeente zijn geweest. Laat het nou maar rusten, anders wind je je weer veel te veel op.'

Meester Koks zakt terug in zijn gemakkelijke stoel. 'Je zult wel gelijk hebben,' zegt hij met een diepe zucht. Hij wendt zich tot Khadisha en Thomas.

'Jullie snappen natuurlijk wel dat dat sportdagartikel definitief van de baan is?'

16

Khadisha verslikt zich in haar limonade. Ze staart meester Koks met grote ogen aan. Thomas' mond valt open van verbazing.

Meester Koks schatert het uit. 'Kijk niet zo verwonderd! Het was maar een grapje, hoor. Natuurlijk mogen jullie schrijven wat jullie willen.'

'Pffff, ik dacht al,' zegt Khadisha opgelucht.

'Meester, mag ik wat vragen?' zegt Thomas, die zich opeens de instructies van Pepijn herinnert.

'Natuurlijk jongen, vraag maar. Daar zijn meesters voor.'

'Bent u vanmorgen gewoon op uw huistelefoon gebeld door die grappenmaker?' wil Thomas weten.

Meester Koks knikt.

'Ja, vanmorgen rond acht uur. Ik stond op het punt naar school te vertrekken, toen de telefoon ging. Iemand zei dat er in Noord-Brabant een belangrijke ingelaste vergadering was voor schooldirecteuren. Toen had ik natuurlijk meteen beter moeten nadenken. Vergaderingen worden meestal maanden van tevoren aangekondigd. Maar deze meneer klonk zeer geloofwaardig.'

'Zou ik die telefoon misschien eventjes mogen zien?' vraagt Thomas aarzelend.

Meester Koks kijkt hem nadenkend aan. 'Ik snap, denk ik, wat je bedoelt. Dat ik daar zelf niet eerder aan heb gedacht!'

Hij staat op en loopt de kamer uit. Als hij terugkomt, heeft hij een telefoon in zijn hand. Hij ploft op de bank tussen Khadisha en Thomas in.

'Even kijken. Hier kunnen we zien wie er vandaag gebeld hebben.'

Khadisha en Thomas kijken nieuwsgierig toe.

Meester Koks drukt op een knopje met een pijltje.

'Dat is een vriendin van mijn vrouw, dan moet dit ... hè, dat is uitermate vervelend.'

Hij laat het schermpje aan de kinderen zien.

'Anoniem,' leest Thomas hardop. 'Dat is jammer.'

'Dat is inderdaad ontzettend jammer,' zegt meester Koks.' Anders hadden we namelijk geweten wie mij voor het lapje heeft gehouden.'

Khadisha kijkt ongerust op haar horloge. 'Ik moet naar huis, het is etenstijd.'

'Ik ook,' zegt Thomas.

Ze staan allebei op.

'Nou, tot morgen op school dan maar,' zegt meester Koks. 'Hebben jullie je geschiedeniswerkstuk al af?'

'Nee, maar dat doen we vanavond samen bij mij thuis,' zegt Thomas. 'We hoeven nog maar een klein stukje, alleen het afsluitende hoofdstuk.'

Khadisha en Thomas nemen afscheid van hun meester en lopen naar hun fietsen.

'Geloof jij dat?' vraagt Khadisha. 'Van die man van de gemeente, bedoel ik.'

'Natuurlijk niet,' antwoordt Thomas beslist. 'Iemand van de gemeente doet heus niet alsof hij een invaller is. Bovendien, hoe kan iemand van de gemeente iets weten over dat sportdagartikel?'

Khadisha en Thomas moeten ieder een andere kant op.

'Ik kom na het eten meteen naar jouw huis,' zegt Khadisha. 'Dan kunnen we eerst even iets controleren.'

'Controleren? Wat moeten we controleren?'

'Dat is waarschijnlijk te ingewikkeld voor jou,' plaagt Khadisha.

Ze moet lachen om het beteuterde gezicht van Thomas. Ze springt op haar fiets en rijdt weg.

Thomas denkt misschien dat het een grapje is van dat controleren, maar dat is het niet!

Torenvalkstraat 12

Thomas zit achter zijn computer als Khadisha zijn kamer binnenkomt. Op de vloer ligt een stapel papieren kriskras door elkaar. Op zijn bed liggen stapels opengeslagen boeken.

'Ik kan niet veel nieuwe feiten meer vinden over Napoleon,' zucht Thomas. 'Het meeste hebben we al uit de bibliotheek gehaald.'

Khadisha pakt een stoel en schuift die naast Thomas. Ze maakt haar rugzak open.

'Hier, het laatste hoofdstuk voor ons geschiedeniswerkstuk,' zegt ze trots.

Ze overhandigt Thomas enkele blaadjes die met een paperclip aan elkaar zitten.

'Hoe heb je dat zo snel voor elkaar gekregen?' vraagt Thomas nieuwsgierig.

'Relaties, relaties,' zegt Khadisha, terwijl ze zo geheimzinnig mogelijk probeert te kijken. 'Nee hoor, mijn moeder heeft eventjes geholpen. Wel gemakkelijk, want nou kunnen wij mooi iets belangrijkers doen.'

Thomas schuift opgelucht zijn stoel een stukje naar achteren. 'Dus eigenlijk is ons geschiedeniswerkstuk klaar?' klinkt het vrolijk. 'Ik had gedacht dat we minstens nog een uur bezig zouden zijn.'

'We moeten het alleen nog even in een mooi mapje doen, volgens mijn moeder,' zegt Khadisha. 'Dat scheelt misschien in het cijfer. Dat zegt meester Jager trouwens ook altijd: "Zorg dat jullie werkstuk er piekfijn uitziet.'"

Thomas staat op en zoekt even in een van rommel uitpuilende kast.

'Hier, is dit misschien geschikt?' Hij steekt een felgekleurde map omhoog. 'Deze is volgens mij nog helemaal spiksplinternieuw.'

Ze bergen het complete werkstuk keurig op in de multomap. Khadisha schrijft hun namen op de voorkant. Ten slotte schrijft ze er met een dikke viltstift in sierlijke letters Napoleon onder.

'Klaar,' zegt ze tevreden, terwijl ze de map in haar rugzak stopt. 'Ik neem het wel mee, want jij vergeet het morgen vast.'

Thomas ploft weer op zijn stoel.

'Zullen we even een computerspelletje doen of heb je andere plannen?'

Khadisha schuift haar stoel aan.

'Ik wil wel computeren, maar geen spelletje spelen. Heb jij dat telefoonnummer dat Pepijn heeft doorgegeven?'

Thomas haalt een verfrommeld papiertje uit zijn broekzak.

'Hier. Maar wat wil je daarmee?'

'Schuif eens een beetje op, zodat ik makkelijker bij het toetsenbord kan,' commandeert Khadisha.

Thomas doet braaf wat ze zegt. Khadisha legt het

briefje naast het toetsenbord.

'Let op,' zegt ze.

Thomas schuift nieuwsgierig dichterbij.

'Ik typ in de zoekmachine het woord "nummerzoeker" in,' legt Khadisha uit. 'Dan kom ik op deze website terecht.'

Er verschijnt een website in beeld met bovenin enkele witte, lege hokjes.

'Lees dat telefoonnummer eens voor,' zegt Khadisha.

Thomas pakt het briefje en leest de cijfers een voor een op. Khadisha typt ze in een leeg vakje achter het woord 'telefoonnummer'.

'Nou, dan is dit het spannendste moment,' zegt ze, terwijl ze op 'zoeken' klikt.

Binnen een seconde verschijnt er een balkje met gegevens.

'Dat zijn de naam en het adres waar die invaller naartoe heeft gebeld,' zegt Khadisha.

Ze leest hardop: 'Van Drongelen, B., Torenvalkstraat 12. Dat is volgens mij een paar straten bij onze school vandaan. Die buurt met al die vogelnamen, weet je wel?'

Thomas knikt ongeduldig. 'Maar wat schieten we daarmee op? Dan weten we alleen met wie die mafketel vanmiddag heeft gebeld, maar op dat nummer neemt volgens Pepijn niemand op. We kunnen trouwens straks nog een keer proberen te bellen.'

'Het zou natuurlijk best kunnen dat hij naar zijn

eigen huis gebeld heeft,' zegt Khadisha. 'In dat geval weten we tenminste waar hij woont.'

Thomas blaast met bolle wangen wat lucht uit. 'Dat zou kunnen, maar hij kan net zo goed naar iemand anders gebeld hebben. Hoe weet je dat trouwens, van die website waar je met telefoonnummers adressen kunt opzoeken?'

'Van mijn moeder,' is het antwoord van Khadisha. 'Het is een leuk trucje als je wilt achterhalen wie er heeft gebeld. Het werkt niet altijd, maar wel vaak. Probeer je eigen telefoonnummer maar eens.'

Thomas typt zijn telefoonnummer in. Even later staan inderdaad alle naam- en adresgegevens keurig voor zijn neus.

'Ontzettend handig,' zegt hij.

'Ik had het thuis al willen opzoeken,' zegt Khadisha. 'Maar mijn moeder moest dringend een stuk schrijven voor haar werk. We hebben thuis de afspraak dat het dringendste werk altijd voorgaat. Ik zei nog dat mijn werk ook heel dringend was, maar daar trapte mijn moeder niet in.'

Ze stoot Thomas aan. 'Bel dat nummer nog eens.'

Pepijn pakt schouderophalend zijn mobieltje en toetst het nummer in. 'Er is toch niemand die opneemt ... euh, hallo, met Thomas Veldhuizen van De Molenwiek.'

Khadisha schiet overeind. Thomas luistert nog even en zet dan zijn mobieltje uit.

'Dat was een meisje,' zegt hij. 'Ze noemde haar naam en verbrak meteen de verbinding toen ik mijn naam noemde. Dominique heet ze.'

'Nou, zie je wel dat er iets vreemds aan de hand is?' zegt Khadisha vurig. 'Zullen we binnenkort een kijkje nemen bij Torenvalkstraat nummer 12?'

'Ik weet het niet,' zegt Thomas een beetje afwerend. 'Ook al woont die vreemde snuiter daar inderdaad, wat wil je dan?'

'Ik wil natuurlijk onderzoeken wat er aan de hand is,' roept Khadisha. 'We zijn toch journalisten? Stel je voor dat er een of ander complot is, bijvoorbeeld dat iemand meester Koks wil ontvoeren. Dat is toch belangrijk nieuws?'

Thomas schudt lachend zijn hoofd. 'Ik denk dat je spoken ziet. Er is vast een doodnormale verklaring voor die zogenaamde invaller van vanmiddag.'

'O ja?' zegt Khadisha uitdagend. 'Noem dan eens een goede verklaring.'

'Nou euh ... gewoon, dat iemand een grapje wilde uithalen,' bromt Thomas. 'Of dat het inderdaad iemand van de gemeente was, die toevallig vanmiddag op school moest zijn.'

Khadisha snuift minachtend. 'Je weet best dat dat totaal onlogisch is. Er is iets spannends aan de hand en ik ga het uitzoeken. Maar als je niet mee durft ...'

'Ik durf best mee,' verdedigt Thomas zich verontwaardigd.

'Mooi, dan gaan we samen uitzoeken wie er op dat adres woont.'

'B. van Drongelen,' zegt Thomas droog.

Khadisha moet lachen, of ze wil of niet. 'Je weet best wat ik bedoel. Maar nogmaals, als je niet mee durft, ga ik toch gewoon alleen?'

'Ik zei toch net al dat ik meeging?' zegt Thomas geïrriteerd.

Khadisha staat op en zwaait haar rugtas over haar schouder. 'Zullen we zaterdagochtend vroeg op onderzoek uitgaan in de Torenvalkstraat? Morgen en vrijdag hebben we het daar waarschijnlijk veel te druk voor.'

'Oké,' antwoordt Thomas, die het toch wel spannend begint te vinden. 'Maar niet te vroeg, want ik slaap zaterdagsmorgens altijd uit.'

'Dat spreken we morgenvroeg wel af,' zegt Khadisha. Ze is veel te blij dat Thomas meegaat. Niet dat ze bang is uitgevallen, maar met Thomas erbij is het gewoon leuker. Ze kijkt eventjes stiekem opzij. Met Thomas erbij is het eigenlijk altíjd leuker, denkt ze plotseling.

Thomas voelt haar blik en kijkt haar met opgetrokken wenkbrauwen aan. 'Wat is er?'

'Euh ... niks,' mompelt Khadisha vlug. 'Ik moest aan ons geschiedeniswerkstuk over Napoleon denken. Welk cijfer we ervoor zullen krijgen, bedoel ik.'

'Nou, echt wel een dikke voldoende, hoor,' zegt

Thomas zelfverzekerd. 'Ik gok minstens op een acht of zoiets.'

Hij steekt zijn hand op, als Khadisha de slaapkamer-deur opendoet.

'Ik haal je morgenochtend op,' roept hij haar achterna. 'Om kwart over acht.'

Verrast loopt Khadisha naar beneden. Heeft ze dat goed gehoord? Thomas haalt haar morgenochtend om kwart over acht op om samen naar school te gaan. Hij heeft haar 's morgens nog nooit opgehaald. Zou hij zich vergissen of zou hij toch ...? Hij hoeft immers zaterdagmorgen ook niet per se mee naar het huis aan de Torenvalkstraat, maar toch doet hij dat. In gedachten fietst Khadisha naar huis. Ze heeft zin in zaterdagmorgen. Ze wil dolgraag uitzoeken hoe het zit met die geheimzinnige invaller. En ze heeft vooral zin om het met Thomas samen op te lossen.

Dat is 'm!

'Daar is het,' zegt Khadisha, terwijl ze naar een huizenblok wijst. 'Het moet het eerste huis zijn op de hoek.'

'Ja, daar is het inderdaad,' zegt Thomas ongeïnteresseerd. Hij gaapt met zijn mond wijd open. 'Ik snap niet waarom wij hier stipt om halfnegen moesten zijn. Voor het geval je het nog niet wist: ik slaap altijd lekker lang uit op zaterdag. Op zondag trouwens ook. Het is een belachelijk tijdstip en het is een belachelijk idee.'

Khadisha doet net of ze hem niet hoort. Ze staan naast hun fietsen op ongeveer twintig meter van B. van Drongelens huis. Maar wie is Van Drongelen? En waarom heeft die zogenaamde invaller met B. van Drongelen getelefoneerd?

'Heb je inmiddels bedacht wat we nu moeten doen?' vraagt Thomas. Het klinkt een beetje korzeliger dan hij bedoelt.

'Ja, we wachten hier totdat er iemand naar buiten komt,' antwoordt Khadisha.

'Maar dat kan uren duren,' kreunt Thomas.

'Misschien is zaterdagochtend ook wel hún uitslaapmorgen.'

'Laten we een keertje voorlangs fietsen,' stelt Khadisha voor. 'Zo onopvallend mogelijk natuurlijk. Misschien zien we iets in huis bewegen.'

Ze stappen op en fietsen heel langzaam langs Torenvalkstraat nummer 12. Vanuit hun ooghoeken gluren ze naar binnen, maar er is helemaal niets te zien. De gordijnen zijn open, maar er is geen enkele beweging waar te nemen.

Op de volgende kruising stoppen ze en draaien hun fietsen.

Er loopt een man langs met een zwart poedeltje. De man bekijkt hen wantrouwig en sjokt dan verder. Hij geeft een nijdige ruk aan de riem als de hond te lang aan een lantaarnpaal blijft snuffelen.

Thomas hangt verveeld over zijn stuur en kijkt op zijn horloge. 'Ik wacht nog een halfuurtje, dan smeer ik hem. Ik heb geen zin om mijn vrije zaterdag te verknoeien aan ...'

'Er komt iemand naar buiten!' sist Khadisha opeens.

Thomas volgt haar blik. Er stapt inderdaad een meisje naar buiten, dat vrolijk hun kant op komt huppelen. Ze heeft lange, donkerblonde haren en draagt een knalrode jas.

'Dat is zeker die Dominique,' zegt Khadisha gespannen. 'Waar zou ze naartoe gaan?'

'Ze gaat ongetwijfeld een bankoverval plegen,' antwoordt Thomas spottend. 'Ze gaat nu waarschijnlijk eerst een paar machinegeweren kopen. Oei, ze ziet er werkelijk levensgevaarlijk uit!'

Het meisje slaat de hoek om en verdwijnt een paadje in.

'Nog twintig minuutjes,' zegt Thomas, 'dan ben ik ervandoor. Ik hoor maandag wel hoe dit geweldige avontuur is afgelopen.'

Khadisha zegt niets terug, maar kijkt ingespannen naar het huis. Ze weet dat Thomas waarschijnlijk gelijk heeft, maar stel je voor dat dat niet zo is. Dat ze écht iets interessants op het spoor zijn. Een echte journalist zou gewoon de hele dag geduldig blijven wachten. En dat wil Khadisha graag worden later: een echte journalist.

Net als Thomas weer overdreven op zijn horloge kijkt, gaat de voordeur van nummer twaalf opnieuw open. Er komt een meneer naar buiten. Khadisha en Thomas kijken elkaar kort aan.

'Dat is 'm!' zegt Khadisha opgewonden.

Er is geen twijfel mogelijk: het is de zogenaamde invaller. Pepijn heeft die vreemde snoeshaan zo uitgebreid omschreven, dat vergissen onmogelijk is.

'Omdraaien!' sist Khadisha.

Ze draaien hun fietsen om en doen net alsof ze in gesprek zijn. De meneer passeert hen aan de overkant van de straat en slaat rechtsaf. Even later zien ze hem niet meer.

'Kom mee,' zegt Khadisha.

Ze fietst in de richting waarin de man verdwenen is. Thomas volgt haar.

Achter het huizenblok bevinden zich enkele garage-boxen. Ze horen een auto starten. Een paar secon-

den later zien ze een auto wegrijden met de meneer achter het stuur. Een oude, krakkemikkige auto vol deukjes en krassen. Precies zo'n krakkemikkige auto als waarover Pepijn het had.

'Erachteraan!' beveelt Khadisha.

Ze fietsen zo hard ze kunnen achter de gammele auto aan.

'Dit is onbegonnen werk!' roept Thomas. 'Straks rijdt hij de snelweg op. Wat moeten we dan?'

Khadisha geeft geen antwoord en gaat op de pedalen staan om meer vaart te maken. Gelukkig moet de auto een paar keer wachten voor een rood verkeerslicht, zodat ze hem weer kunnen inhalen.

'Hij gaat richting stadscentrum,' hijgt Khadisha.

Thomas komt naast haar fietsen. Zijn gezicht is nat van het zweet. 'Ik houd dit tempo niet lang meer vol,' steunt hij.

Ook Khadisha is inmiddels bekaf.

Net als ze het willen opgeven, stopt de auto eindelijk bij een grote parkeerplaats in het centrum. De meneer vindt een parkeerplek, sluit zijn auto af en loopt de stad in. Nu is hij een stuk gemakkelijker te volgen. Ze moeten alleen oppassen dat hij niet merkt dat hij gevolgd wordt.

De man wandelt de drukste winkelstraat in.

Khadisha en Thomas volgen hem met hun fiets aan de hand. Net voorbij een dierenwinkel slaat de meneer linksaf een smallere straat in. Nog geen tien

meter verder loopt hij nog een keer linksaf een steeg-
je in. Daar is het stukken minder druk.

'Als hij omkijkt, doen we gewoon net alsof we een
etalage bekijken,' zegt Khadisha. Dat heeft ze een
keer in een spannende film gezien.

Ze is nog niet uitgesproken, of de man blijft stil-
staan. Hij haalt een sleutel uit zijn jaszak en draait
een deur van het slot. Dan stapt hij naar binnen.
Nieuwsgierig lopen Khadisha en Thomas naar de
deur. Het is de deur van een winkeltje. En wat voor
winkeltje! De etalage ligt vol met de lekkerste dingen.
Ze zien tientallen rollen drop, plakken chocolade en
zakken vol met gekleurd snoepgoed. Op een glim-
mende schaal liggen prachtige bonbons.

'Berts Snoepparadijs,' leest Khadisha hardop. Ze kijkt
Thomas aan. 'Onze zogenaamde invaller is de eige-
naar van een snoepwinkel!'

'Of hij werkt er alleen maar,' zegt Thomas bedacht-
zaam.

Khadisha schudt haar hoofd. 'Nee hoor, het is de B.
van Bert. Bert van Drongelen. Ik weet het absoluut
zeker.'

Thomas kijkt nog eens aandachtig naar de etalage-
ruit.

'Het ziet er allemaal een beetje antiek uit. Moet je die
ouderwetse krulletters zien. Er staan van die gedeukte koektrommels die mijn opa en oma ook hebben.
Wat doen we nu trouwens?'

Khadisha zet haar fiets tegen de muur.
'Ik ga naar binnen, kom je mee?'
Thomas knikt. 'Laten we maar eens bekijken wat hij in deze snoepwinkel doet.'
Hij zet zijn fiets tegen die van Khadisha.
Ze halen allebei diep adem en stappen dapper het snoepwinkeltje binnen.

Het plannetje

Tot hun verrassing klinkt er een belletje als ze de deur opendoen. In het winkeltje is niemand te bekennen. Op de toonbank staan grote, glazen stopflessen vol met allerlei soorten drop.

'Ik kom eraan, hoor,' klinkt een stem vanachter een deur.

De deur gaat krakend open. Er komt een meneer binnen. Hij gaat met een vrolijk gezicht achter de toonbank staan.

'Hallo kinderen, wat kan ik voor jullie betekenen?' klinkt het vriendelijk.

Khadisha besluit om maar onmiddellijk ter zake te komen.

'We willen graag weten waarom u afgelopen woensdag zogenaamd invaller was op onze school,' zegt ze.

Kadisha en Thomas zien de man schrikken. Hij knijpt zijn ogen tot spleetjes. Zijn vrolijkheid is plotseling verdwenen.

'Ik euh ... weet niet waar je het over hebt,' zegt hij zenuwachtig.

Khadisha en Thomas doen een stap naar voren.

'U was woensdagmiddag in het kantoortje van onze directeur,' zegt Thomas. 'U verbood de hoofdredactie van *Molenwieks Story* om dat sportdagartikel te plaatsen. Dat hebben we gehoord van Hanna en Pepijn, de hoofdredacteuren van *Molenwieks Story*.'

'Nou, dat is inderdaad de waarheid,' zegt de man aarzelend, 'maar ik was daar als invaller voor meester Koks.'

'Meester Koks had helemaal niet om een invaller gevraagd,' gaat Khadisha kalm verder.

De meneer zucht diep en veegt een paar zweetdruppeltjes van zijn bovenlip.

'Ik euh ... misschien kan ik jullie maar beter vertellen hoe het werkelijk zit.'

Voordat Khadisha of Thomas iets kunnen terugzeggen, klinkt opnieuw het deurbelletje. Er stapt een meisje naar binnen. Een meisje met lange, donkerblonde haren en een knalrode jas.

'Hoi papa,' zegt ze vrolijk.

'Hallo Dominique,' zegt de meneer. Hij kijkt schichtig van Khadisha naar Thomas.

'Deze kinderen euh ... weten het,' zegt hij dan tegen het meisje. 'Ze weten alles van ons plannetje.'

'Plannetje?' vraagt Khadisha verbaasd.

De man knikt. 'Kom maar, dan zal ik jullie alles vertellen.'

Ze lopen achter hem aan door de krakende deur. Daarachter is een piepklein kamertje, waar een wankele tafel en een paar stoelen staan. Er knettert een houtkacheltje, dat een weldadige warmte in het kamertje verspreidt.

'Ga maar zitten,' zegt de meneer tegen Khadisha en Thomas.

Ze doen wat hij zegt.

Dominique trekt haar jas uit en gaat bij haar vader staan.

'Wij euh ... dit snoepwinkeltje is van mij,' begint de meneer aarzelend. 'Ik heb het nu drie jaar en ... ach, laat ik het maar eerlijk zeggen, de zaken gaan verschrikkelijk slecht. Er komen nauwelijks klanten. We hebben van alles geprobeerd, maar het lukt gewoonweg niet.'

'Het winkeltje ligt ook wel tamelijk achteraf,' zegt Khadisha.

'En het ziet er een beetje ouderwets uit,' vult Thomas aan.

Dominique glimlacht. 'Dat heb ik ook gezegd, maar mijn vader wilde juist een ouderwets snoepwinkeltje, van vroeger. Hij dacht dat mensen dat leuk zouden vinden.'

'Ja, grote mensen misschien, maar kinderen niet,' zegt Khadisha.

De meneer buigt verlegen zijn hoofd. 'Daar hebben jullie misschien wel gelijk in.'

'Maar hoe kwam u op onze school terecht?' wil Thomas weten.

De man kijkt even naar zijn dochtertje. 'Dominique is vriendin met Lisanne uit groep zes van jullie school. Zo hoorde ik dus over de sportdagrel en dat er een artikel in de schoolkrant zou komen over hoe slecht snoepen is. Toen bedacht ik mijn plannetje. Ik

38

zou net doen alsof ik invaller was voor jullie directeur. Dan kon ik het schoolkrantartikel verbieden en mijn eigen artikel in de schoolkrant plaatsen.'

'Uw eigen artikel?' herhaalt Khadisha verbaasd.

'Ja, ik had een artikel geschreven over snoepen,' zegt de meneer. 'Dat af en toe snoepen helemaal niet erg is, als je daarna maar altijd goed je tanden poetst, natuurlijk, en voldoende beweegt.'

'En je wilde reclame maken voor ons snoepwinkeltje, papa,' zegt Dominique.

'Inderdaad,' geeft de meneer toe.

Thomas trommelt met zijn vingers op tafel.

'Maar heeft u dan ook die ochtend naar meester Koks gebeld?'

De meneer knikt schuldbewust. 'Ja, ik moest natuurlijk zorgen dat de echte directeur een tijdje weg zou blijven.'

'Dat is uitstekend gelukt,' zegt Khadisha grinnikend. 'U kunt voorlopig maar beter uit zijn buurt blijven. Hij was razend op de grappenmaker die hem dat heeft geleverd.'

De man kijkt hen verslagen aan. 'Dat begrijp ik,' zegt hij. 'Ik zal hem zijn treinkaartje wel terugbetalen.'

Khadisha krijgt opeens medelijden met hem.

'Zo erg was het nou ook niet,' zegt ze. 'Meester Koks was ...'

'Nou,' valt Thomas haar in de rede. 'Meester Koks wilde anders wel de politie bellen. Het was maar

goed dat zijn vrouw dat heeft tegengehouden.'
Dominique en haar vader kijken elkaar geschrokken
aan.

'Dat ... dat was helemaal niet de bedoeling,' stottert
de meneer. 'Ik wou alleen maar wat reclame maken
voor mijn snoepwinkeltje. Voordat ... voordat het
failliet gaat.'

Dominique pakt haar vaders hand. 'Wat gaan jullie nu doen?' vraagt ze met een angstig gezicht aan
Khadisha en Thomas. 'Gaan jullie ons aangeven bij
de politie?'

'Natuurlijk niet,' antwoordt Khadisha geruststellend.
'Ik heb een veel beter plannetje.'

Alle anderen kijken haar verwachtingsvol aan.

'Ik ga een interview met u houden,' zegt Khadisha
tegen de meneer. 'Dan kunt u uw zegje doen over
snoepen en over uw snoepwinkeltje. Dat artikel
plaatsen we dan in onze schoolkrant.'

'Dat zou geweldig zijn,' zegt de man opgetogen.
'Maar ik heb ook mijn eigen artikel nog. Kunnen
jullie dat niet beter plaatsen in plaats van een interview?'

'Nee,' zegt Thomas resoluut, 'Als Khadisha het doet,
wordt het veel beter. Ze is de allerbeste journaliste
van *Molenwieks Story*.'

Verrast kijkt Khadisha opzij naar Thomas. Ze is even
in verwarring gebracht.

'Wat is er?' vraagt Thomas. 'Waarom kijk je me zo

eigenaardig aan? Jij wilt toch later journaliste worden?'

Khadisha knikt langzaam. 'Wanneer komt het uit dat ik u interview?' vraagt ze daarna aan de meneer.

Die kijkt zijn dochtertje even aan. 'Wat mij betreft kan het meteen. Wat heb je allemaal nodig?'

'Alleen een notitieblok en een pen,' antwoordt Khadisha.

Ze kijkt vragend naar Thomas. 'Blijf jij dan ook?'

Thomas zucht overdreven, maar knikt haar toe.

'Ja, dan blijf ik ook,' zegt hij. 'Mijn vrije uitslaapzaterdag is toch al volledig naar de knoppen.'

'Oké,' zegt Khadisha. 'Dan doen we het interview nu meteen.'

'Jullie mogen eerst wel iets lekkers uitzoeken,' zegt de meneer aarzelend. 'Iets uit mijn snoepwinkeltje.'

'Ach, dat hoeft niet, hoor,' zegt Khadisha, maar Thomas geeft haar onder de tafel een flinke schop tegen haar schenen.

'Doe toch maar,' zegt Dominique lachend. 'We hebben echt ontzettend lekkere dingen. De bonbons bijvoorbeeld heeft papa zelf gemaakt. En er liggen witte chocoladerepen zoals jullie die nog nooit hebben geproefd.'

Even later zit Khadisha met haar pen in de aanslag. Er ligt een reusachtige zak spekjes voor haar neus. Thomas zit naast haar met een grote reep witte chocolade. Aan de andere kant van de tafel zitten

Dominique en haar vader. Thomas en Khadisha mogen Bert tegen hem zeggen. Eerst is hij een beetje zenuwachtig, maar dan begint hij enthousiast over zijn snoepwinkeltje te vertellen.

Khadisha schrijft alles op en tussendoor stelt ze vragen, als een echte journaliste. En ze is niet zomaar een journaliste. Ze is de beste journaliste van *Molenwieks Story*! Dat heeft ze zojuist van Thomas gehoord, en die kan het weten!

Verliefde journalisten?

Nog diezelfde middag brengen Khadisha en Thomas verslag uit bij Hanna en Pepijn, die op Hanna's kamer aan de volgende schoolkrant zitten te werken. Om beurten vertellen ze over wat ze in het snoepwinkeltje van Bert van Drongelen hebben beleefd.

'Wat een ongelofelijk verhaal,' verzucht Hanna, als Khadisha en Thomas zijn uitverteld. 'Die vervelende namaakinvaller blijkt dus eigenlijk een ontzettend aardige snoepwinkeleigenaar te zijn.'

Thomas knikt. 'Khadisha heeft echt een geweldig interview afgenomen. Het wordt een fantastisch artikel. We hebben zelfs foto's van Bert en Dominique voor het snoepwinkeltje kunnen maken met mijn mobieltje.'

Hanna ziet tot haar verrassing dat Khadisha een beetje bloost. Ze zoekt even oogcontact met Pepijn, maar die heeft zo te zien niets in de gaten. Hij wiebelt op de achterpoten van zijn stoel.

'Misschien helpt dit artikel hem om meer klanten naar zijn snoepwinkeltje te lokken.'

Thomas schudt vastberaden zijn hoofd. 'Dat lukt volgens mij nooit. Het lijkt wel een snoepwinkeltje uit de prehistorie, met allemaal antieke blikken en gedeukte trommeltjes. Voor kinderen is er in elk geval niks aan. Nou ja, behalve al dat snoep dan natuurlijk.'

Khadisha schiet in de lach. 'Jij zat anders behoorlijk van die antieke chocoladereep te schransen. En daarna heb je me trouwens ook nog vliegensvlug van die reusachtige zak met spekjes afgeholpen.'

'Maar die waren ook ontzettend lekker,' moet Thomas lachend toegeven.

Khadisha overhandigt het notitieblok met aantekeningen aan Hanna. 'We kunnen een oproep doen aan de lezers van *Molenwieks Story* om eens een kijkje te nemen in Berts Snoepparadijs.'

'Goed idee,' zegt Hanna enthousiast. 'Pepijn, kun jij een plattegrondje maken voor bij het artikel, zodat de kinderen van De Molenwiek het snoepwinkeltje gemakkelijker kunnen vinden?'

'Dat zal wel lukken,' bromt Pepijn, die nu met zijn stoel gevaarlijk ver achterover hangt. 'Er is ongetwijfeld wel een stadsplattegrond van internet te downloaden.'

Khadisha en Thomas staan op.

'We zien jullie maandag op school,' zegt Khadisha. Ze steken allebei een hand op naar Hanna en Pepijn en stommelen naar beneden.

Hanna kijkt hen peinzend na.

'Hebben we hier misschien te maken met twee verliefde journalisten?' zegt ze dan, meer tegen zichzelf dan tegen Pepijn.

'Verliefde journalisten?' herhaalt Pepijn stomverbaasd.

Hanna slaat met een overdreven zucht haar multo-map dicht.

'Merkte je niet dat Khadisha steeds naar Thomas zat te kijken?'

Pepijn draait met zijn ogen. 'Dat heet doodgewoon beleefdheid, als je iemand aankijkt die aan het woord is.'

'Volgens mij vindt Khadisha Thomas ontzettend leuk,' houdt Hanna vol. 'Ze bloosde toen Thomas haar een complimentje gaf over dat interview.'

Pepijn staat hoofdschuddend op. 'Ik ga naar huis,' zegt hij. 'Ik kan eventjes geen schoolkrantkopij meer zien en ook geen verliefde journalisten. Zullen we morgen verdergaan?'

Hanna knikt. 'Ik kom morgenmiddag rond tweeën wel naar jouw huis,' zegt ze. 'Nog een paar uurtjes en dan hebben we alles compleet. Vergeet niet om die stadsplattegrond alvast te downloaden.'

Als Pepijn weg is, gaat Hanna languit op bed liggen met haar handen achter haar hoofd gevouwen. Haha, verliefde journalisten! Ze zag duidelijk hoe Khadisha bloosde na het complimentje van Thomas. Misschien moeten ze in de volgende editie van *Molenwieks Story* eens aandacht besteden aan ver-liefdheid op de basisschool. En misschien ... mis-schien moet ze dan zelf eindelijk eens wat meer werk maken van Pepijn ...

Hanna schrikt van haar eigen gedachten. Zou Pepijn eigenlijk in de gaten hebben dat ze hem leuk vindt? Vast niet. Nou ja, misschien moet ze dat eens wat duidelijker laten doorschemeren.

Maar eerst ... eerst moeten ze Berts Snoepparadijs van de ondergang zien te redden.

In de serie Vreemde zaken groep 8 zijn verschenen:

Een geheime oom

Jolanda Horsten

Een raar interview

Anneke Scholtens

De mysterieuze invaller

Henk Hokke

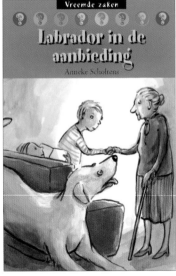

Labrador in de aanbieding

Anneke Scholtens

Vreemde zaken

Mees moet blijven!

Henk Hokke

Vreemde zaken

Een BN'er als moeder

Jolanda Horsten

LEESN!VEAU

	ME	ME	ME	ME	ME		
AVI	S	3	4	5	6	7	P
CLIB	S	3	4	5	6	7	8	P

school

Toegekend door Cito i.s.m. KPC Groep

1e druk 2009
ISBN 978.90.487.0305.0
NUR 283

Vormgeving: Rob Galema

© 2009 Tekst: Henk Hokke
© 2009 Illustraties: Jenny Bakker
Uitgeverij Zwijsen B.V., Tilburg

Voor België:
Uitgeverij Zwijsen.be, Antwerpen
D/2009/1919/189